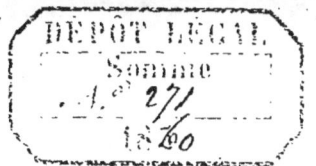

DÉPÔT LÉGAL
Somme
A° 271
1860

JUSTICE ET BOURREAUX

A AMIENS

I0546883

DANS LES XVᵉ ET XVIᵉ SIÈCLES

Par A. DUBOIS

CHEF DE BUREAU A LA MAIRIE D'AMIENS

MEMBRE DE LA SOCIÉTÉ D'ÉMULATION D'ABBEVILLE

AMIENS

TYPOGRAPHIE DE CARON & LAMBERT.

PLACE DU GRAND-MARCHÉ

1860

Lk⁷ 228

JUSTICE ET BOURREAUX

A AMIENS

AUX XVᵉ & XVIᵉ SIÈCLES.

L'administration municipale avait alors droit de vie et de mort sur les habitants de la ville; police, justice civile, justice criminelle, tout était réuni entre ses mains, on pendait pour vol, et l'homicide était le plus souvent condamné à l'amende, à moins que le vol n'ait été le principal moteur du crime. Sur les amendes infligées, une part revenait au Roi et la plus forte part était attribuée à la Ville. Ainsi :

« Férir de la main 20 sols dont 17 sols 11 deniers à la Ville.

» Un lait dit 20 sols tout à la Ville.

» Férir et abattre par terre 60 sols dont 48 sols 9 deniers à la Ville.

» Sacquier coustel ou espée 6 livres dont 4 livres 17 sols à la Ville.

» Férir de main garnie 9 livres dont 7 livres 6 sols 6 deniers à la Ville.

Le premier nom de bourreau que je rencontre est celui de Jehan de Froicapelle en 1401. En 1403 ce dernier devenant trop vieux a pour compère William de Nœux.

Jacques Ernoul est désigné en 1410.

Le bourreau avait dans ses attributions non-seulement l'exécution de la justice criminelle, mais aussi un certain nombre de charges, ainsi le 2 août 1413 : « Il est ordonné que les pourchiaux qui seront trouvés » alans par la ville pour la première fois seront es- » gaeite d'un pie, la seconde fois de deux pies et pour » le tierche fois abandonnés à thuer par le *Bourel* qui » aura par chaque fois 8 deniers parisis et aussi tous » pourchiaux qui seront trouvés es fossés de la ville » seront abandonnés à thuer par ung chacun. »

En 1421, le bourreau prend le titre de sergent et officier de la haute-justice.

La justice se rendait à la Malemaison et les exécutions se faisaient sur une tour contiguë au bâtiment que l'on nommait tour du Happelopin. Cette tour est désignée, dès 1389, sous le même nom de *tour Happelopin près le Malmaison*.

« Payé 20 sols à Jehan de Montrœul pour demy jour » qu'il entendi à faire et lever une justice de bos au » Happelopin ou on pendy de par le corps de ville un » lanternier qui par désespoir ou temptacion avoit coppé » son gosier. »

Une fois que le corps du supplicié était passé de vie à trépas, on le transportait à la grande justice de la ville, située dehors de la porte Montrescu, où il restait exposé jusqu'à ce qu'il n'en restât plus trace.

Non-seulement les hommes étaient soumis à la justice de la ville, mais leurs œuvres mêmes, quand elles n'étaient point jugées convenables, subissaient le même sort.

Dans l'échevinage du 27 août 1435, des *tuiles* sont condamnées à être « dépéchées au marché publique- » ment par le bourrel devant le piloris comme de mal- » vaise et fausse qualité. »

Le 12 janvier 1442, Jeanne Carbonnel est enfouie toute vive, voici l'article de dépense qui la concerne :

« A Jacques Ernoul, sergent de la haulte-justice » d'Amiens, paie 12 sols, est assavoir 10 sols pour son » sallaire d'avoir enfouye toute visve Jehenne Car- » bonnel pour ses démérites, et 2 sols pour gans, » cordes et abillemens y servans. »

Les exécutions étaient ordinairement suivies d'un banquet auquel assistaient les maïeur, eschevins et conseillers.

« 29 sols 8 deniers sont comptés à Jehan le Boucher, » faiseur de présents de la ville, par mandement du » 17ᵉ jour de janvier 1442 pour pain, char et aultres » choses par mes dits sieurs maïeur et eschevins, les » procureurs, conseillers et sergents de la ville, dé- » pensés en l'œurieul des Cloquiers, a ung disner que » se y feist le samedi 12ᵉ jour du dict mois, après ce » qu'ils furent retournés de la justice que ils avoient

» faict faire de Jehenne Carbonnel, qui fut par ses dé-
» mérites enfouye toute visve. »

Non-seulement le bourreau avait son traitement fixe
par année, mais il était payé pour chaque exécution
ainsi qu'on vient de le voir ; il avait en outre « une
» pallée de sel sur chaque bateau au quai, une pallée
» de charbon sur chaque voiture, le droit de tenir *bre-*
» *lenc* et de dîmer sur les filles publiques. »

La mairie ayant portée atteinte à ses prérogatives, il
réclame et on y met ordre par la délibération suivante
du 4 août 1447.

« Sur ce que Pierre Philart, sergent de la haulte-
» justice de la dite ville, avoit présenté sa requeste au
» dit eschevinage, afin qu'il pleust à Messieurs lui con-
» sentir et accorder que il peust prendre et avoir cha-
» cune sepmaine, sur chacune fille de joie de la dite
» ville, la somme de 4 deniers, et si peut avoir et tenir
» brelenc et avoir jeu du dict brelenc de 3 mains une.
» | Veue laquelle requeste Messeigneurs ont ordonné
» que, au regard des dites filles de joie il en sera faict et
» usé comme ses prédécesseurs ont fait, mais au regard
» du dict brelenc *nihil.* »

Ainsi que je le disais tout à l'heure, la justice ordinaire de la ville se faisait dans la tour dite du Happelopin près la Malemaison.

En 1459, cette justice est vermoulue, on la rétablit.
Une certaine somme est payée à « Jehan le Franchomme,
» procureur au siège du bailliage d'Amiens, pour 14
» quènes chacuns de 21 à 22 pieds de long, duquel
» mairien on carpenta et fist une neusve justice de car-

» penterie sur le tour de pierre que on nomme Happe-
» lopin, appartenant à la dite ville d'Amyens. »

L'individu qui va nous occuper a plusieurs chefs de
culpabilité, d'abord il a escaladé la forteresse, puis il
s'est rendu coupable de vol la nuit, il a par conséquent
mérité la mort, l'échevinage du 27 avril 1458 ne lui
accorde ni grâce ni merci.

» Veue la confession de Jacques Sauvage, vigneron,
» qui a confessé avoir prins furtivement et emblé
» plusieurs fourquiez et ostieux (outils) à ouvrer (tra-
» vailler) ès vignes et aucuns lys et lincheux et une
» payele en ung gardin, et passé pardessus le forteresse
» des fauxbourgs pour aler de nuict embler les dits
» lys, mais tout veu ils ont ordonné et jugié que pour
» les dits larchins, le dit Jacques sera pendu et mis à
» mort au gibet et justice de la ville. »

La nomenclature des peines entraînant des amendes
n'étant pas très-étendue, on se trouvait parfois obligé
d'appliquer ces amendes par assimilation.

En 1459, une tentative de viol équivalait à un
soufflet, car : Coppin Odeguerré, Flament, natif
d'Ostende, est condamné « à 20 sols d'amende pour
» avoir voulu déchevoir une jone femme, démourant
» en lostel Lorens de Gouy, et la vouloir congnoistre
» carnellement. »

La même année, 10 sols sont payés « à maistre
» Pierre Philart, exécuteur de la haulte justice, qui
» avait batu de verges par les quarrefours dicelle ville,
» par l'ordonnance de Messeigneurs, un jone valleton
» qui contrefoisait le malade de molvais mal. »

Plusieurs degrés de peines existaient pour les voleurs et coupeurs de bourses, la première condamnation était une peine infamante et la récidive entraînait la mort.

En 1460, le bourreau reçoit 10 sols pour avoir coupé l'oreille à Jeanne la caronnesse, et avoir attaché cette oreille au pilori, la dite Jeanne s'étant rendue coupable de vol d'une bourse dans la Hautoie. Voici la condamnation : « 29 avril 1460, Messieurs ont
» ordonné que une nommée Jehanne la Caronnesse,
» fille de feu Pierre le Caron, native de Honcourt-lez-
» Beauvais, sera menée auprès du pillory sur un esca-
» fault, et la aura loreille coppée et si sera bannye à
» toujours de la dite ville et banlieue d'Amiens, sur
» peine destre enfouie toute visve, et la cause si est
» parce que naguères elle avait coppé à ung homme,
» auprès de la Hautoye, une bourse secrètement,
» furtivement et par larchin. | Mais le dit homme
» avoit depuis esté restitué de sa dite bourse et
» monnoie, pourquoy mes dits Seigneurs ont esté con-
» tents quelle ait seullement loreille coppé et soit
» bannye de la ville et banlieue. »

L'adultère était humilié après sa faute, on le voit obligé de faire amende honorable, un cierge à la main, dans plusieurs églises, il offre même ce cierge à chaque station, de ses propres deniers.

Echevinage du 26 mai 1460. « Jehan Jorlant,
» messier de la ville, marié depuis 38 ans, entretient
» une concubine et laisse sa propre femme, contre
» l'ordre du mariage, est condamné à donner un cierge
» d'une livre de cire aux Saintes-Claires, un à l'Hôtel-

» Dieu et un aux Cordelliers; sa concubine sera bouttée
» et bannye hors la ville. »

Pierre Philart, le bourreau, est fatigué de son métier,
il prend tout à coup la résolution de l'abandonner,
comme il a rendu des services à la ville et que la cause
qu'il allègue paraît méritoire, on lui donne congé, un
secours même lui est accordé pour l'accomplissement de
son dessein. « 1463, à maistre Pierre Phileart, sergent
» de la haulte-justice de la dite ville d'Amiens, paie
» 16 sols que mes dits Seigneurs lui avoient donné par
» courtoisie quand il print congé de eulx pour aler
» demourer es marches de Rome, disant qu'il ne se
» commettrait plus du dict estat et aussi en faveur
» qu'il a mis ung autre en son lieu. »

Pierre Phelippart est alors nommé.

La première exécution qu'il est chargé de faire est
vraiment curieuse, je laisse parler le registre aux
comptes :

« Mars 1463, à maistre Pierre Phelippart, sergent
» de la haulte-justice de la ville d'Amiens, paie 16 sols
» pour son salaire davoie enfouy en terre *deux pour-*
» *ceaux* qui avoient desquirré et rongnye à leurs dens
» ung petit enfant es fourbours d'Amiens, dont depuis
» il estait alé de vie à trépas. »

Les cordiers, à cette époque, jouissaient d'une sin-
gulière prérogative; ils étaient exempts de toutes aides
levées par la ville, tailles, travers, subsides, guet,
gardes et autres exactions quelconques ayant cours
dans le royaume, attendu, est-il dit dans la délibération de l'échevinage du 7 novembre 1463, « qu'ils

» livrent et baillent toutes les cordes qu'il convient,
» et est de necessite avoir pour loyer pendre et estran-
» gler tous les meurtriers, larrons, omicides et malfai-
» teurs qui, par justice, sont prins ou dict royaulme et
» condempnés à recevoir mort, desquelles cordes ils
» n'ont jamais quelque rémunération. »

Outre sa profession le bourreau avait la charge de
faire ranger les ladres le jour de la Toussaint le long de
la grande rue Saint-Denis; 20 sols lui étaient accordés
pour ce service chaque année.

La direction des filles de joie lui est confirmée par
délibération du 15 octobre 1464.

« Sur ce que Jehenne Maistrele dite Sourdas avoit
» présente sa supplication ou dit eschevinage, contenant
» que il pleust a messieurs ordonner que les filles de
» joie qui avoient acoustumé, tant de jour comme de
» nuit, demourer en la rue des Filles (rue du Bordeau)
» y fussent et demouressent sans ce quelles alaissent
» coucher en plussieurs maisons de maisnage de la dite
» ville, où elles aloient avec les maistres, qui estoient
» grant esclande à la ville, car aussi il y avoit en plu-
» sieurs rues de la dite ville es faubours et ailleurs plu-
» sieurs filles qui y demouroient sans demourer en la
» dite rue publique, dont plusieurs inconvénients pour-
» roient avenir.

» Finablement, messieurs ont ordonné que Mᵉ Hac-
» quin de Bergues, maistre de la haulte justice, fera
» demourer les dites filles en la dite rue publique sans
» les plus laissier demourer es dites rues, et selles ny
» veulent aler il les y menra et feront tellement mes-

» sieurs, que la dite rue sera habitée des filles comme
» elle souloit estre ou temps passé. »

La superstition tenait sa large place dans la décision
des juges; la condamnation suivante la fait ressortir :

« 9 avril 1466, considérant que Jehan Lefevre est
» revenu en larrechin depuis qu'il ot loreille coppée,
» qu'il n'avoit point de disette puisqu'il avoit 17 sols
» d'argent comptant, *que le jour qu'il fist son larchin il*
» *estoit le jour du benoist vendredi, jour que notre Sei-*
» *gneur Jesuschrist mourut pour lumain lignage, et qu'il*
» estoit age de 54 ans passé, ont déliberé qu'il sera
» pendu et estrangle à la justice de la ville tant que
» mort sen ensuive. »

En 1469 on donne au bourreau le titre *d'exécuteur de
la haulte justice.*

La sentence d'échevinage du 3 août 1470 est tellement hors ligne que je crois devoir la donner, en lais-
sant de côté cependant ce qui pourrait blesser la mo-
rale et les bonnes mœurs de notre siècle, il s'agit d'un
crime contre nature.

« Echevinage tenu le 3e jour d'aoust l'an mil trois
» cent soixante dix, par sire Fremin le Normand, maieur,
» sire Hue de Courchelles, sire Jacques Clabault, maistre
» Anthoine Caignet, Jehan le Clerc, Obert Fauvel, Je-
» han de Cocquerel, Estene de Vendeul, Robert de Lab-
» béye, Pierre du Gard, Hue de Lesmes, maistre Tristan
» Fasconnel, Jehan Lorfevre, Colart le Rendu, Simon
» Pertrisel, eschevins, maistre Jehan Jonglet, maistre
» Jehan Defontaine, maistre Jehan du Cauvrel, Jehan
» Harle et Jehan Dobe, conseillers. »

Robert, mon ami, marchand de pots de terre, demeurant à Previller, de la paroisse de Haute-Epine, fait connaître qu'un crime de bestialité vient d'être commis sur une de ses juments qui se trouvait dans l'auberge du Fourchet, chaussée au Blé; qu'il avait vu en entrant dans l'écurie un homme vêtu d'un palletot de gris, monté sur une estame (banc) derrière ses juments, qu'aussitôt son entrée cet homme avait eu tellement peur qu'il s'était laissé tomber dans une grande manne qui se trouvait derrière lui; qu'interrogé cet individu ne put répondre, et qu'enfin il prétexta le besoin de dormir, ce qu'il fit en effet en se renfermant dans une des dépendances de l'auberge.

Cet homme du nom de Simon Briois, paveur, fut incontinent mis au beffroy, ou, interrogé dans la prison même, il ne voulut point avouer le crime dont il était accusé; mis à la torture il finit cependant par se reconnaître coupable, et entre dans des détails que le lecteur me permettra de passer. Le jugement continue ainsi :

« Et pour ce que tous jugement criminels se doibvent
» faire par mes dits seigneurs en leur eschevinage et
» euls assembler au son de leur cloche, mes dits sei-
» gneurs se sont aujourd'hui assemblés en leur esche-
» vinage et leurs dits conseillers avec, par devant les-
» quels, et présents leurs dits conseillers, la dite dépo-
» sicion et confession du dit Simon a este veue et leue
» tout au long ainsi que dessus est declaire, veue la-
» quelle déposicion et confession du dit Simon messei-
» gneurs le ont condempné de estre ars et brule par le
» sergent de le haulte justice, auprez de la justice de

» la dite ville, tant que mort sen enssuive et qu'il soit
» tout ars et consomme en pourre, et aussi ont ordonne
» que la dite jument sera arse et brullée auprès du dit
» Simon et de la dite justice, et consommée en poulre
» adfin que jamais du dit Simon ne de la dite jument
» ne soit memore.

» Laquelle exécution mes dits seigneurs firent faire
» prestement après qu'ils furent partis du dit eschevi-
» nage, et furent mes dits seigneurs présents à faire la
» dite exécution par feu, que le dit sergent de la dite
» haulte justice bouta en grant quantité de bos et fa-
» gos tellement que le dit Simon et la dite jument furent
» tout ars et consommée en pourre, et furent présens à
» veoir faire la dite exécution environ 5 ou 6 millé per-
» sonnes de la dite ville. Et si fut somnée la grand cloque
» du dit Beffroy tant que la dite exécution fut faite. »
Le bourreau reçut 4 livres pour cette exécution.

« 33 sols furent payés le 4 aout à Bertram Lefevre,
» sergent a mache, pour l'achat de trois cens et demy
» de fagos, une carée de bos et du feure par lui fait
» mener auprès de la justice de la ville, qui furent em-
» ploies et consommés illec a ardoir et mettre a exé-
» cution, de par mes seigneurs maieur et eschevins,
» deffunct lors vivant Simon Briois et une jument en
» laquelle il avoit commis lorrible pechiet contre na-
» ture. »

62 sols sont payés à Robert, mon ami, pour l'indemniser de sa jument.

Enfin 4 livres sont dépensés en la maison de *Jehan le
Barbier, pastichier,* pour un dîner auquel se rendirent

le maieur, ses echevins et conseillers au retour de l'exécution:

1er décembre 1470, Mariette Quiere, jeune fille de 18 ans, native de Quevauviller, se pend dans un grenier, sur la limite de la juridiction de la ville, l'échevinage s'empare du corps de cette fille et le condamne « a estre » pendu a unes fourches au champ, ou a une potence » auprès de la justice de la dite ville en laquelle on » exécute les maulx faicteurs et délinquants. »

Comme on l'a vu précédemment, les filles publiques sont sous la conduite du bourreau; elles paient à leur directeur chacune 4 deniers par semaine, et elles doivent de plus demeurer dans la rue des Blanques mains qui leur a été désignée.

Jehanne Maistrele, propriétaire des maisons de cette rue est décédée; son légataire cherche à se débarrasser des prostituées en louant à d'autres personnes, réclamations alors, instances de la part des filles de joie et de la part du bourreau, qui voit ses émoluments le quitter du moment où ces demoiselles seront libres d'habiter où bon leur semble. La délibération suivante intervient :

10 mai 1474. « Sur ce que Me Hacquin de Bergues, » sergent exécuteur de la haulte justice, et les filles de » joie estant en la rue, à ce ordonnée avoient présenté » leur supplication au dit eschevinage, affin quil pleust » à messieurs leur bailler provision a cause de ce que » le leguatil et héritier de deffuncte Jehenne Maistrele » se voloit efforchier, sans l'auctorité de messieurs, de » mettre hors les dites filles estans en icelle rue, et y lo-

» gier autres gens, combien que la rue soit à ce ordon-
» née, et que les dittes filles offroient à prendre les dites
» maisons en la manière acoustumée, car autrement les
» dites filles ne voloient paier au dit Me Hacquin ses
» droix qu'il devoit prendre sur elles.

» Veue laquelle requeste, considere que de tout temps
» les dites filles ont demoure en la dite rue, messei-
» gneurs ont ordonne quelles demourent ou lieu ou elles
» sont acoustumé de demourer comme elles souloient. »

Le roi Louis XI est venu à Amiens en 1474, suivi
comme toujours de sa justice, de son prévôt des maré-
chaux, lequel a fait pendre un homme à un des arbres
de la Hotoie; 12 sols sont accordés à Me Hacquin, pour
sa peine d'avoir dépendu le corps du supplicié.

Une exécution que nous n'avons pas encore rencon-
trée est celle qui suit :

« 1475. A maistre Hacquin de Bergue, exécuteur de
» la haulte justice, la somme de 20 sols pour avoir mis
» au pilory une nommée Margue Lestévée, lui avoir
» brule les cheveux et incontinent mis hors la ville, pour
» aulcun malvais cas quelle avoit commis. »

Comme on le sait, le blasphême était puni avec la plus
grande sévérité; mais ce que l'on ignore, peut-être, c'est
le lieu où se faisaient les exécutions pour ces sortes de
méfaits. La dépense suivante nous le fera connaître :

« 1475. A Jehan le Messier, carpentier de la ville,
» pour ung jour qu'il ouvra a faire une estaque et le
» assir au coing devant Saint-Martin aux Waides, pour
» illec mettre par le col a une kaine de fer iceulx qui
» renieront le nom de Dieu, 4 sols.

21 octobre 1476. Colin de Ponthieu, vigneron, pris en adultère avec une femme publique, est condamné à porter un cierge d'une livre à saint Jean-Baptiste, un à Saint-Remy sa paroisse, un à l'hôtel Dieu et un aux Saintes-Claires; il sera acccompagné par deux sergents de nuit dans ses diverses stations, et la femme avec laquelle il a été trouvé est bannie de la ville.

Le 28 novembre de la même année, Jean Lelont, boulanger, est condamné à porter un cierge à Notre-Dame et un à l'hôtel Dieu pour le même cas; 8 sols sont dépensés pour 2 kanes de vin payées aux sergents de nuit qui l'accompagnèrent.

1477. Jehan Ceroier est brulé « pour lorrible péché » par lui commis contre nature. »

La dépense qui va suivre démontre combien on était soumis quand on avait affaire au roi Louis XI, et fait connaître que les villes étaient obligées de solder même les agents de ce monarque.

1478. A Jehan Pignette, dit Petit de Tours, la somme de 24 sols pour les « depens de lui et de son compai- » gnon, qui avoient, de la charge du Roy notre sire, » apporte de la ville de Tour es villes d'Arras et de Be- » thune les testes de deux hommes naguères exécutés » pour leurs démerites. »

En 1479 a lieu l'exécution d'une sentence pour blasphème.

« A Jehan de Bergues, dit Hacquin, la somme de 12 » sols qui lui estoient deuls pour avoir, par sentence de » mes dits seigneurs, mis à l'estacque, devant l'église » Saint-Martin au Bourcq, ung nommé Remy Delaville,

» pour avoir par plusieurs fois regnié et maugréé le nom
» de Dieu notre *récateur*, en ce compris 2 sols au
» barbier pour le avoir rez tout jus es prison du
» beffroy. »

La robe du bourreau est moitié vert moitié jaune en
1480.

Le nombre des filles publiques ne fait que croître dans
la ville : de 50 qu'elles étaient en 1463, ce chiffre s'est
singulièrement accru ; malgré tous les soins apportés
dans leur direction par la municipalité, on ne peut plus
les distinguer des honnêtes femmes. La décision qui vou-
lait qu'elles demeurassent dans la rue destinée aux filles
n'est plus suivie, on mit ordre à leur position le 9 décembre 1484.

« Les filles de joie porteront pour enseignes, quand
» elles iront par la ville, une aiguillette rouge de quar-
» tier et demi de long sur le brach dextre, au dessus du
» queute et hors brach, ainsi quelles font en plusieurs
» villes de ceste roiaulme, sans ce quelle puissent avoir
» ne porter mantelles ou failles pour couvrir la dite en-
» seigne, ne aussi porter chaintures d'or et d'argent sur
» peine de perdre les dits mantelles failles et chaintures,
» pugnicion publique a l'ordonnance de justice et banis-
» sement de la ville. »

Par addition à la délibération ci-dessus, il est ordonné
le 21 juillet 1485 « quelles porteront la dite aiguillette
» et avec, autour du brach sur la manche, une pièce de
» drap jaune de la largeur de 3 doys ou environ cousu
» à la dite manche ou sera pendue la dite aiguillette.

2

BIBLIOTHÈQUE IMPÉRIALE

» Les habitants de la ville qui tiennent ces meschines
» de vie dissolutes devront les mettre à la porte, et les
» envoier demourer au lieu et rue publique danchiennete
» que on dist les Blanches Mains, auprès du pont à fil-
» lettes (rue du Bordeau), ou es rues de derrière le
» Don, derrière le lieu de l'escorcherie et le rué des
» Poullies.

» Quant elles seront trouvées sans leurs enseignes
» avant la ville, elles seront fustées par les carrefours
» et bannis sur peine du feu.

» S'il y a aucune fille qui se dient avoir este compo-
» sées a aucune somme de deniers par aucuns sergents
» et officiers, pour non avoir porte les aiguillettes,
» quelles veignent par devant justice pour en faire ce
» qu'il appartiendra. »

Les ordonnances étaient publiées par les rues de la ville
à son de trompe et rendues exécutoires dans le plus bref
délai, car il est ajouté : « Et se apres ceste publication,
» les dites filles ou meschines sont trouvées résidentes
» et demourantes avec les dits gens, d'église, mariés
» ou autres, elles seront flatries de ung fer chaut au
» viaire (visage), en tel lieu qu'il sera ordonné et avisé. »

La justice de l'échevinage ne badinait pas plus avec
les infractions qu'avec les crimes, la loi de ce moment
n'admettait peut-être pas de circonstances atténuantes.
Cinq boulangers désirent souhaiter la fête à leur maître,
pour ce faire un bouquet est nécessaire, ils se rendent
donc dans les jardins et sans façon en fabriquent un à
leur guise, mais ils sont surpris, arrêtés et condamnés à
100 sols d'amende.

« 1485. De Pierrotin Godebert , Robinet le Riche ,
» Leurin Catine , Jehan Otigier et Pierrain de Douay ,
» boulaingiers, qui furent condempnés par mes dits sei-
» gneurs euls tous ensemble et chacun pour le tout en
» 100 ᵉ d'amende, pour avoir alé le nuit de saint Hon-
» nouré en aucuns gardins , par dessus les murs, prins
» robe et emporté plusieurs romarins, marjolains et
» autres choses, pour ce 100ᵉ qui valent 6ˡ 5ᵉ. »

Si on a mis empêchement sur l'habitude qu'avait le
bourreau de tenir brelan le jour de la franche fête, on
l'indemnise de la perte qu'on lui fait éprouver ; dans la
même année 1485 on accorde à « Jehan de Bergue, dit
» Hacquin, exécuteur de la haulte justice de la dite
» ville, la somme de 20 sols a lui donné par mes dits
» seigneurs, ou lieu de ce que durant la francq feste luy
» fust deffendu le brelent dont il soloit joir. »

Cette même année, on paie à « Robert de Bailli,
» grant compteur, la somme de 4 livres est assavoir :
» 68 sols pour 4 aulnes 1/4 de drap brun et vermeil au
» pris de 16 sols l'aune, dont fu faite une robe pour
» Jehan de Bergues Hacquin, exécuteur de le haulte
» justice de la dite ville, et 12 sols à Mahieu Lengles,
» cousturier pour le facon d'icelle robe et d'une autre à
» Jehan Crote, » (probablement un aide.)

En 1488 on dépense 4 livres 4 sols pour le même
objet, la robe est gris orangé.

1488. 6 sols sont dépensés pour une serrure de fer et
les pentures pour enfermer les oustieux (outils) de maistre Hacquin.

Le 6 avril on paie à Jean Catine 31 sols 6 deniers pour 900 bottes d'herbes employées à couvrir la maison du bourreau.

1489. Sa robe est de couleur sanguine. En 1490 elle est de drap gris.

En 1491 Tassart Postel est arrêté pour adultère, au moment de son arrestation il s'est probablement répandu en invectives de toute sorte, car il a deux condamnations à subir. Je trouve les dépenses suivantes.

« A Jehan de Bergues, dit Hacquin, exécuteur de la
» haulte justice, la somme de 12 sols a lui ordonné estre
» paiez, pour avoir, par sentence de mes dits seigneurs,
» mis à la tache, devant l'église Saint-Martin au Bourg,
» Tassart Postel, sergent de nuit, pour avoir par
» plusieurs fois blaspheme le nom de Dieu, notre
» créateur. »

» A Nicolas Platel, marchant, la somme de 42 sols
» qui lui estoient deubs pour despense faite en sa mai-
» son par aucuns sergents a mache et de nuit. Le jour
» que le dict Tassinot Postel, carbonnier, fut mis à la
» tache pour ses démerites, auquel jour il fut mené ung
» cierge en sa main es eglises de Saint-Souplis et Saint-
» Jacques, ou furent par lui présentés 2 cierges pour
» réparation du peché d'adultère par lui commis et dont
» a mes dits seigneurs appartient la congnoissance.

1492. Me Hacquin est devenu vieux, il ne peut exer-cer son métier, on pourvoit à son remplacement, mais un secours lui est accordé :

« A Jehan de Bergues, dit Hacquin, naguère exécu-
» teur de le haulte justice de la dite ville, la somme de

» 6 livres a lui donné par mes dits seigneurs, en leur
» eschevinage, par considération de sa povreté, mala-
» die et impotence. »

Denis Cousin lui succède ; 5 aulnes de drap de 3 couleurs lui sont données pour faire une robe.

1493. La robe du bourreau n'est plus mi-partie, elle
commence à changer sans doute dans la forme, car on
lui donne 4 aunes de drap vert et une aune de drap
vermeil.

Le 18 mars 1494 Jehan le Machon est nommé bourreau, on fait valoir pour sa réception qu'il avait déjà
exercé à Noyon et à Soissons.

Ce dernier n'est pas resté longtemps pourvu de son
office, car en 1495 je rencontre Jean Pingeon comme
exécuteur de la haute justice, auquel succède le 13 juin
1496 Jehan Pingrenon.

En 1499 sa robe est de drap tanné.

La ville était obligée de faire de grandes dépenses pour
l'exécution de sa justice, et il n'était pas rare de la voir
s'indemniser, dans certains moments, sur les biens meu-
bles et effets des condamnés. Ainsi dans l'échevinage du
16 avril 1499 :

« Messieurs ont ordonné que ung manteau a usage de
» homme, de drap thané, qui fu a feu Jehan Loys, na-
» guère par la justice de la ville exécuté pour ses déme-
» rites, sera vendu a aucun viesier ou autres, pour les
» deniers en venant estre baillie a deux religieux cor-
» delliers, qui le jour que se fist la dite exécution le
» ammonestèrent de son salut, et affin de prier Dieu
» pour son ame. »

M⁰ Hacquin de Bergues, ancien exécuteur, continue sa résidence à Amiens; il est vieux et rempli d'infirmités. Dans l'échevinage du 1ᵉʳ mars 1501 on lui vient en aide : « Sur la requeste presentee à mes dits sieurs par » Jehan de Bergues, dit Hacquin, qu'il pleust a mes » dits sieurs lui donner quelque chose des deniers de » la ville par forme daumosne, pour aydier a le faire » saner de certaine incision et maladie secrete, de la- » quelle lui est necessaire pourveoir, a este donne au » dit Hacquin la somme de 10 sols. »

Pour la seconde fois on rencontre dans les registres d'échevinage un travail mal confectionné condamné à être détruit par le bourreau :

« 12 octobre 1501. A Jehan Pingrenon, dit Truyart, » exécuteur de la haulte justice à Amiens, la somme de » 10 sols, pour avoir, par sentence de mes dits sei- » gneurs, brule au devant de la maison de Jehan Cui- » gnet, tisserant de draps, certaine porcion d'une faulse » mauvaise et deslealle *frise*, que avoit fait pour vendre » ledit Cuignet, et l'autre portion de la meilleure donne » pour Dieu. »

La robe du bourreau est moitié jaune moitié bleue en 1508, en 1509 elle est partie verte et partie jaune; et de diverses couleurs bendées en 1511.

Nos aïeux avaient la funeste habitude de calfeutrer les maisons alors que la peste s'y déclarait; suivant certains chroniqueurs des rues entières ont été murées même, cet usage nous est révélé par la délibération du 26 novembre 1513 : « A Jehan Carpentier et Nicolas

» Cuignières 10 sols tournois, à Jehan Pingrenon, maistre
» des hautes œuvres, 10 sols tournois, et à Jacob Mas-
» sias, commis à porter en terre les corps de ceulx qui
» meurent de peste en ceste ville 10 sols, qui leur a esté
» taxé par mes dits seigneurs pour avoir esté le jour
» d'hier barrer et clore les huys de 16 maisons esquelles
» on estoit mort de peste. »

Mai 1514. Jacques de la Perelle succède à Jehan Pingrenon.

Le 15 novembre 1514, il met au carcan Massin Behault et lui rogne les cheveux par dessus les oreilles, pour
avoir blasphémé; 20 sols lui sont payés pour ce service.

1515. La robe de l'exécuteur est rouge et noire.

1516. Le bourreau est Jehan de Tourné; à la robe
qu'on lui accorde on fait broder une main et une épée
sur la manche.

Le 22 octobre de cette année, 27 sols lui sont payés
« pour avoir perche a ung nommé Thommas Behot la
» langue au piloris. »

La dépense qui va suivre montre la sévérité déployée
par la justice de la ville à l'endroit de certains récidi-
vistes, qui n'étaient ménagés en aucune circonstance.

« A Jacques de le Perelle, exécuteur de la haulte jus-
» tice, 60 sols pour avoir, par divers jours, battu de
» verges Nicolas Le Bœuf, et lui copper les deux oreilles,
» et luy mis le hart au col; aussi pour avoir mene
» a la justice Simon le long, dit Behault, qui avoit
» esté banny, et luy hurté la teste au bauch dicelle
» justice. »

Comme on le voit, un terrible avertissement est donné à ces deux individus, on leur a fait voir la mort de près : à l'un on lui fait sentir la corde qui doit le pendre, et à l'autre on le fait heurter contre l'instrument qui doit le punir de ses méfaits. Quelle instruction !...

La surveillance sur les vivres n'était pas moins active que celle qui avait rapport à la sûreté des personnes ; en 1516, plusieurs pâtissiers sont condamnés pour avoir vendu du saumon mal cuit et une partie de venaison contenant seulement du bœuf.

Les brefs des métiers devaient aussi être fidèlement exécutés. Je trouve dans les recettes de 1516 : « Reçu » de Regnault Dècle, qui fust le quatrième jour de mars » en cest an, condempné envers la dite ville en amende » de 60 sols modérée à 40 sols, qui sont en tournois » 50 sols pour avoir donné gaing et prouffit à son » apprenti sayteur en contrevenant aux briefs du dit » mestier. »

En 1517, Jehan Carbonnier ou Carbonnel est exécuteur ; sa robe est jaune et bleue.

Le 15 décembre 1517, on lui paie 8 sols « que mes » dits seigneurs lui ont taxé pour avoir battu de verges » *en loslel des Cloquiers* (Hôtel-de-Ville) ; deux petits » garchons du pays de Normandie qui avoient robbé » aucunes petites chaynettes de leston. »

Depuis longtemps une erreur qui s'est accréditée à Amiens avait fait supposer que la tour nommée *le Pilori*, construite sur le grand marché depuis un temps immémorial, avait été réédifiée aux dépens d'un seigneur qui, bravant la justice de la ville, s'était permis de punir lui-même le bourreau de la maladresse avec laquelle il exerçait son métier sur un de ses amis. Bien des histoires, des contes, furent forgés depuis des siècles à ce sujet.

Afin que le doute ne soit plus possible à cet égard, prenons les comptes de la ville, 1521-1522, rendus par Jehan Lalloier, receveur du domaine, à Jacques de May, alors maieur.

« De Jehan de Calais, seigneur de Fossemanant, qui
» le 19ᵉ jour de juillet ou dist an vêues les charges et
» information que l'on a faictes, pour raison de ce
» qu'il avoit esté cause mouvante de la mort et homi-
» cide advenus en la personne de Jehan Carbonnel,
» exécuteur de la haulte justice dicelle ville, en faisant
» et exercissant le dit office sur le marchie de la dite
» ville, ensemble ses interrogatoires et confessions et
» la conclusion du procureur de la ville. A esté con-
» dempné en la somme de 80 livres pour amende,
» assavoir les 20 livres à employer aux ouvrages qui se
» font en l'ostel Dieu d'Amiens pour retirer les malades
» de peste. Et les 60 livres par envers la dite ville ;
» sur ce prins les frais et mises de justice tirez à faire
» le dit procès. »

Or, le pilori a été construit à nouveau en 1525, il a coûté 290 livres 9 sols 5 deniers, et la faible somme qui a dû rester des 60 livres appartenant à la ville était loin de suffire pour la construction de cet édifice.

Voici maintenant d'après le compte rendu par Pierre Tarisel, receveur du domaine à Anthoine de Saint-Delis, maieur, comment se décompose la somme dépensée.

	livres	sols	deniers
» Grès.	22	15	»
» Pierre de faloise.	88	12	3
» Craies et moilons pour fondations.	8	14	6
» Chaux.	13	6	6
» Sablon (la ville l'a livré gratuitement). . .			
» Serrurie (défalcation faite du vieux fer provenant de l'ancien pilori)	8	2	»
» Plomberie.	27	3	2
» Ouvrage à tache, maçonnerie.	108	»	»
» A Anthoine Ancquier, tailleur d'ymages (sculpteur), pour avoir par luy faict une image de la vierge Marie, mise sur luys de la dite tour.	»	60	»
» Achat commun	4	19	»
Total	290	9	5

Il n'y a rien à ajouter à des chiffres qui parlent d'eux-mêmes et qui ne laissent pas de commentaires possibles.

Le successeur de Jehan Carbonnel est Flourent Bazac.

En 1524, sa robe est moitié bleue, moitié jaune, et jaune et verte en 1526; elle est de même couleur en 1529, sur l'une des manches on y brode une main tenant une épée.

Chaque individu devait, en 1531, comme auparavant, exercer le métier dans lequel il s'était fait recevoir sans s'immiscer dans celui d'un autre, même quand la différence était minime; ainsi Pierre Rohault, boulanger est condamné à 10 sols d'amende pour avoir fait des *craquelots*.

En 1532, la robe du bourreau est moitié vert et ba-
sane; et elle diffère bien peu pendant quelques années.

1536. Flourent Bazart est mort en exercice, Flourent
Canterel est nommé dans l'échevinage du 19 septembre.

1538. Jehan Laurens, bourreau.

Pierre de Vaulx ne fait qu'apparaître en 1540,
pendant une absence, sans doute, de l'exécuteur en
titre, car en 1542, Jehan Laurens reçoit 52 sols pour
avoir rependu quatre corps à la justice, lesquels étaient
tombés des grands vents.

Le jour saint Pierre et saint Paul 1545, la justice fut
assise, d'après le commandement du maieur et du prévôt
de lansquenet; « hors et près du *bolvert* de la porte de
» la Haultoie. »

1546. Robe moitié jaune et violet.

1547. Le bourreau bat de verges et flétrit à l'épaule.

1549. Mathieu Guillot, exécuteur, flétrit et marque
d'une fleur de lys entre les deux épaules.

Ce dernier est probablement pris à l'essai pour l'ap-
peler ensuite à la succession de Jehan Laurens, car le
26 juin 1550 seulement, il est dit : « L'estat de exécuteur
» des hautes œuvres de ceste ville que soloit tenir
» Jehan Laurens, de présent prisonnier, a esté accordé
» à Mathieu Guillot, naguères Mᵉ des haultes œuvres
» de la ville de l'Isle, pour en jouir tant qu'il nous
» plaira, aux gaiges accoutumés, sans pouvoir pré-
» tendre quelques droits ou exactions sur charbons,
» fruits, grains ou autres denrées et marchandises qui
» se amaynent en ceste ville. »

Comme on vient de le voir, c'est par Mathieu

Guillot que commencent les réformes apportées sur les
droits du bourreau ; à partir de ce moment la position
n'est plus tenable, lui et ses trois successeurs jusqu'à
la fin du siècle vivent misérablement, leurs exécutions
ne leur rapportant pas assez pour vivre avec leur famille.

« 1551. A Mathieu Guillot, exécuteur de le haulte
» justice, la somme de 57 sols 11 deniers, suivant l'or-
» donnance verballe de monseigneur le duc de Ven-
» domois, assavoir, 12 sols 6 deniers pour avoir, sui-
» vant la sentence du prévost des maressaux, coppé le
» point droict à sire Jehan Crampon, prebtre, qui avoit
» homicidé le fils ainé de monseigneur de Senarpont, et
» depuis suivant la dite sentence, la pendu et estranglé
» par son col, en ce comprins 11 sols pour la valeur
» du cousteau, par mandement du 16 février 1551.

Jehan Crampon fut conduit en charette, de la Barge
en la rue *du Leu qui va à Romme*, où se trouvait la
demeure de M. de Senarpont ; là, devant la porte de ce
seigneur, on lui coupa le poing, il fut ramené ensuite
sur le grand marché où eut lieu la pendaison.

Par suite des réformes apportées sur les droits que
percevait le bourreau, la ville était obligée de faire de
grands sacrifices afin de le conserver dans son emploi ;
à chaque fête une gratification lui était accordée, des
rémunérations extraordinaires lui étaient payées, ses
gages ne lui suffisant pas pour vivre ; en 1551, par
exemple, on lui donne 50 sols pour faire sa provision
de bois et de charbon pour l'hiver.

1552. Mathieu Guillot flétrit d'une fleur de lys sur
l'épaule droite.

Toujours même pénurie dans les deniers de maître
Guillot. En septembre 1553, « à Mathieu Guillot,
» exécuteur de la haulte justice dicelle ville, la somme
» de 40 sols à lui ordonné pour le aydier à vivre
» quelque temps ensemble sa femme et enffants en con-
» sidération qu'il y a ja longtemps qu'il avoit peu ou
» rien gagné de son office, et que les vivres estoyent
» si chers qu'il a esté puis peu de temps contraint de
» vendre les habillements de luy et de sa femme. »

En 1553, 135 personnes sont condamnées tout d'un
jugement à 5 sols tournois chacune, pour « non avoir
» nettoyé ou faict nettoyer les boues et ramonnures au
» devant de leurs maisons. »

Dans la délibération du 6 août 1556, pour motiver
une augmentation de traitement à l'exécuteur des hautes
œuvres, il est dit qu'anciennement il avait droit de
prendre « sur chaque charretée de charbon une pallée,
» sur chacun basteau de selle venant au kay une pallée,
» qu'il tenait jeu de quilles et de brelenc.

» Et comme le dit Mathieu Guillot est réputé homme
» de bien, bien vivant et que depuis qu'il est pourveu
» au dit estat, il sey toujours bien gouverné, au lieu
» d'avoir 20 deniers par jour pour ses gaiges, il aura
» 2 sols 6 deniers.

» 1556. A Zacarie de Selers, paintre, la somme de
» 20 sols pour avoir faict deux effigies et pourtraicts,
» lung de sire Antoine Clabault, prebstre, lors pri-
» sonnyer au beffroy d'Amyens, et l'autre de Jehan
» Dubos, saieteur, fugitif. »

Afin d'augmenter encore un tant soit peu les gages du bourreau, une nouvelle attribution lui est accordée dans l'échevinage du 20 janvier 1557. « Lestat et exercice » de escorcher les chevaux mors et aultres bestiaux a » esté donné et octroyé à Mathieu Guillot, maistre des » haultes œuvres en ceste ville, tant et jusques à ce » qu'il sera pourveu au dit estat de maistre des haultes » œuvres, à la charge qu'il ne prendra sallaire excessifs » ni plus grand que a ceulx accoutumés. »

Echevinage du 14 juillet 1558. « 14 hortillons sont » condamnés à haudraguer et nettoyer le fossé devant » la porte du Gueant, pendant 6 jours, pour avoir été » à la taverne en contrevenant aux deffenses. »

Août 1558. « A Mathieu Guillot, exécuteur 20 livres 18 sols, pour avoir rompu à sizaille la faulse monnoie, » rompu les coings, presse et aultres outils, pendu et » estranglé ung nommé Estienne Christoffle et Jehan » Delacroix, jetté leur corps en une chaudière plaine » d'eau bouillante, les mène et pendu au gibet et banni » leurs femmes hors la ville. »

En 1560, un homme est battu de verges parce qu'il était atteint de la maladie « Monseigneur saint Jean- » Baptiste. »

En juin 1562, 100 sols sont payés au bourreau pour avoir brûlé plusieurs livres censurés.

La même année, un article de dépense porte: « A » l'exécuteur pour avoir conduit hors la ville, en ung » bleneau, Jehenne Duvalle, accusée d'avoir prostitué » sa fille et esté macquerelle delle, 50 sols tant pour » lui que pour les sergents. »

Jehan Pisson est désigné, en 1564, comme questionnaire ordinaire de la ville.

On mettait un chapeau de paille sur la tête de celui que l'on bannissait de la ville, en 1568.

Comme je le disais, la ville était obligée de faire des aumônes souvent répétées à l'exécuteur pour l'aider à vivre.

« Le 19 avril 1571, veu la requeste présentée par
» Mathieu Guillot luy a esté aulmosné ung septier de
» blé sur Saint-Ladre, attendu sa pauvreté et la chèreté
» des vivres. Et le 28 mai 1573, 40 sols lui sont remis
» à cause de sa pauvreté et maladie. »

1574. Une revenderesse est condamnée à 5 sols d'amende pour avoir exposé en vente des fromages ayant la forme *d'angelots.*

Juin 1575. Sept sueurs de viez sont condamnés à 100 sols d'amende chacun, pour avoir « esté boire et
» manger en taverne, contre les ordonnances et joué
» publiquement au tamis délaissant leur mestiers. »

1577. Guillaume Petit, exécuteur.

On se servait des rébus en toute circonstance à cette époque, un rébus est donc introduit dans les attributs du bourreau. Voici ce que dit la délibération du 21 mai 1579.

« Vu la requeste présentée par Guillaume Petit, exé-
» cuteur de la haulte justice, a esté ordonné par advis
» de Messieurs que lui sera délivré le drap d'une robbe
» à la charge qu'il sera tenu de la porter ainsi que ont
» fait cy devant ses prédécesseurs ou dit estat, sur la
» manche destre de laquelle robbe sera fait en broderie
» *une garde d'espée, un mas de navire et une main*
» qui signifieront *garde ma main.* »

1581. La robe est moitié vert moitié violet.

1582. François Pottier, bourreau.

15 février 1582. Sentence donnée contre Jehan Dumeisge et sa femme, portant « que une truye qui avoit » mangé le fils du dit Dumeisge en son bercheau, sera assommée à coups de battons par l'exécuteur de la haulte » justice, ce faict brullée et consommée en cendres. »

La même année, Jean Levert, exécuteur de Beauvais, est appelé à Amiens pour mettre à mort un maître saiteur de cette ville.

Pierre Pancart est désigné comme remplissant les fonctions d'exécuteur en 1583.

Le drap de sa robe en 1584, est moitié bleu moitié vert.

Le 17 novembre 1585, 8 livres 40 sols 3 deniers sont dépensés pour établir une prison à la Poissonnerie de mer afin d'y enfermer les poissonnières qui vont au-devant du poisson.

François Pottier reprend son service de bourreau en cette année.

Enfin, 1594, Jehan Lesenne est battu de verges pour avoir conspiré contre la ville et ses habitants.

J'aurais pu multiplier mes citations à l'infini, mais je me suis borné à en fournir seulement de diverses natures afin de faire bien comprendre à mes lecteurs comment se rendait la justice et comme elle s'exécutait dans les deux siècles qui viennent de nous occuper.

Amiens. Typ. de Caron et Lambert, place du Grand-Marché.

www.ingramcontent.com/pod-product-compliance
Lightning Source LLC
Chambersburg PA
CBHW061616180626
46818CB00005B/2096